ちっちゃな詩集
☆魔法の言葉☆

今西 薫
Kaoru Imanishi

風詠社

目　次

鳥になった王子さま

浜で拾った　貝殻は
渦巻き状の　衣装つけ
口の形は　ほら貝で
そっとお耳に　当ててみる
波の音立て　その貝が
話してくれた　ストーリー

海のお国の　王子さま
鳥になって　島めぐり
里のお寺の　鳥居の上に
ちょこんと止まり　一休み
白い山百合　微笑んだ

牡蠣とワイン

焼ける鉄板　牡蠣　躍る
バターの香り　潮の味
箸につまんで　形見て
前歯で　ちょっと　噛んでみる

牡蠣の中から　潮の流れが　噴き出した
牡蠣の身ほどけ　口の中
散った旨さが　あかね空
ホワイトワイン　瀬戸の海

お化粧

遠くのお山は　雪化粧
近くのお山も　雪化粧

私も　ちょっと　化粧して
鏡を　そっと　覗いてみると

私の顔も　雪化粧

お外に　出てみて
北のお山に　ご挨拶

ニッコリ　笑った　お山の雪が
ヒラヒラヒラと　舞い扇
初春<ruby>初春<rt>はつはる</rt></ruby>　踊る　雪けむり

偉大な指揮者

海から西風　めずらしい
二月に吹くの　久しぶり

白い雲
　　　　ほんわか　ほんわか
　　　　　　　　　　旅してる

広　い　野　原　で
水仙が　春が来るのを
待っている

白いカモメが　飛んできて
青いお船に　歌ってる
波が伴奏
ちゃぷ〜ちゃぷ〜ちゃぷ

☁間から　顔を覗かす　お☀さまは
いつも偉大な　指揮者です

小僧の神さま

（志賀直哉『小僧の神様』より）

鍵っ子が　鍵をなくして　困り顔
滋賀県の　昔々の　おまわりさん
「どうかしたのか？　小僧さん」

今の子供は　きょろ　きょろと
辺り見回し　あわててる

「鍵を失くして　しまったの」
「何の鍵？」
「家の鍵」
「家に鍵？　つっかい棒じゃ ないのかね」
「なんですか ナンヤラ棒って？」
「盗人の　家の押し込み　防ぐ棒」
「そんな棒の　ことじゃなく
家に入れる　コレないの ……」

（少年は「鍵」と「鍵穴」を仕草で説明する）

「家に一緒に　ついて行き
そこでなんとか　してあげる」

おまわりさんを　連れた子は　家まで帰り
指差したのは　ドアロック

おまわりさんは　警棒を　手に取って
そこに付いてる　魔法のリング　取り出した

それを穴にと　差し込むと
ロックがスパッと　解除され
子供にパッと　笑顔が戻り
「つっかい棒って　スゴい棒！」

そこで　にっこり　微笑んだ
滋賀県の　昔々の　おまわりさん

さくら餅

母さんが　桜の葉っぱで　包んでくれた
美味しい　お餅
塩っぽくって　甘くって
一口食べると　お口の中が
さくら色
幼な心に　花ひらく

立葵
たちあおい

道端や　垣根越し

きりりと立って　立葵

赤やピンクや　クリーム色や

アプリコットや　ダーク色
しょく

色んな色で　咲いている

花言葉　「野望」だなんて　どうしてかしら？

中世の　十字軍騎士　聖地から　持ち帰り

イギリスで　咲いてから

その名　英語で　ホーリーホック

青空の夏　涼しく風を　運んでくれる

立葵　ホーリーホック

どちらの名でも　素敵な夢が

時雄くん

時雄くん　なぜそんなにも　速くいく
アッと言う間に　今日が行き
昨日という日　先週に
それが　まあ　先月となり　去年となって
消えていく

歳重ね　私の歩み　重くなる

そのせいなのか　知らないが
時の進度が　加速して
くる日　くる日が　軽くなる

アッという間に　一日が
なにかをしたと　いうことも
なにもないのに　過ぎてゆく

花から生まれた女の子

白いお花の　香りの中で
私は生まれた　春の日に
青い空から　飛んできた
ミツバチくん　葉っぱの中で
ブンブン羽を　振るわせて　ご挨拶
四つ葉の葉っぱ　ラッキーと
笑顔で　私に　ご挨拶

私も空に　飛び出して
そよ風に乗り　大空に
ふんわり浮かび　春の旅

尼と猫

夢見心地で　思い出す
早春の　椿の花咲く　木を囲み
木陰になごむ　童たち
手を繋ぎ　唄歌い
太く大きな　一本杉の
周りを　ぐるぐる　ぐるぐる　回ってた
境内に　笑い声　笑い顔
いつも　いつでも　溢れてた

尼は　普段は　泣かないけれど
月の光を　失くしたススキ
そよそよと　秋風に　そよぎ出したら
目頭が　どうしたことか　熱くなる

それを見た　猫がニャンと　声を上げ
しっぽ立て　尼を励まし　くるくる　回る
苔が生す　峠のふもと
ひなびた寺で　ひっそり暮らす　尼と猫

星の宅配便

白髪の　おばあさん　夜空を駆けて
星　ひとつ　星　ひとつ
こつこつ　こつと
拾い集めて　袋に入れて
「ヨッコラショ」と　運んでる
「どこへ行くの」と　尋ねてみると
白髪の　おばあさん
ニッコリ私に　微笑んで
「明日は　この国　クリスマス
今夜の　宅配　大忙しよ」
「元気だしてね　おばあさん」

ポッケから　小さな袋　取りだして
その中の　ピンクをひとつ　手に取って
おばあさんにと　プレゼント
それは私の　大好きな　お菓子なの
お☆さまの　金平糖

パリの街

おしゃれな　カフェで　カフェオーレ
雑誌ペラペラ　めくってる

道ゆく人を　眺めると
センスばっちり　素敵な紳士

視線であとを　追いかける
私の心　パリジェンヌ

ふと　振り向いて　声かけられた
「ボンジュール　マドモアゼル」と
言葉にならず　赤ら顔

見つめる先に　サクレクールの
ホワイト・ドーム　紅色の　夕陽浴び

絵葉書の絵　パリの街
こっそり　そこに　入ったの

金星の虫

日は落ちて　あたりは夜に　模様替え

「一番星を　見つけたよ」

ふたつ　みっつと
つぎつぎに　お空を飾る
シャンデリア

あちらこちらの　街灯が
あたり　明るく　灯しだす
その火に　向かい　虫が飛ぶ

夜も更けて　誰もあたりに　いなくなり
藪から出たの　黄金虫

街灯めがけ　飛ぶと見え
それをはるかに　越えてゆく

いったい　どこへ　行くのかな？

虫には分かる　故郷（ふるさと）の色
目指す夜空の　一番星だ

光り輝く　金星に

夏のおまじない

夏がきました　夏がきた
暑い　暑いと　言ってても
ちっとも　お日さま　陰(かげ)らない

秋よ来い　冬でもいいの
そんなこと　言ってても
ちっとも　涼しく　ならないわ

軒先で　風鈴鳴らす　風さえも
熱帯の海　はるばる　越えて
やってきた？

冬将軍も　いやだけど
べとべと　湿気　鼻につく

私には　誰も知らない　おまじない
夏を涼しく　暮らすには
氷のかけら　口に入れ

ガリゴリ　ガリゴリ　かみ砕く

体に　そよ風　通り抜け
口から　体を　リフレッシュ
金魚　こっそり　盗み見て
泡を　ポコッと　噴き出した

こんがらがった虹のお話

空を仰いだ　七つ　七色
シャボン玉　自分の虹を
ゴールにと　いそいそいそと
飛び出した

それを見ていた
バイリンギャル*が　　　　　　（*二か国語を話す女の子）
「ひーとつ　one　ふーたつ　two」
二つ　言葉で　数えだす
「みんなで　セブン？」と　けげん顔

バイリンギャルは　頭かしげて　不思議そう

「数と色とが　ちぐはぐよ」

「だって　だって
虹の色　七色じゃ　ないんだよ

私たちの　国ではね
虹は六色*なんだから」　　　　（*英米仏では虹は六色）

「ええ？　それホントなの？」
「ほんとうよ」
「それじゃ　虹追う　シャボン玉
こんがらがって　しまうわね」

コオロギ

そよ風吹くと　穂が揺れる
みんな　やさしく　行儀よく
夕陽を　浴びて　金色に
たちまち　空は　麦畑
雁が西へと　飛んでゆく
足元　見ると　コオロギが
秋の　夜へと　とび跳ねた

マスと散髪屋さん

おじいさん*　一　二　三と　（*釣り好きの井伏鱒二）
出かけた先は　散髪屋さん

行ってみたなら　ガラス戸に
「定休日」との　立て札が

宿に帰って　カレンダー
よく見てみると　月曜日

村でひとりの　散髪屋さん
おじいさんの　釣り師匠
休みはいつも　魚釣り

今は盛りの　マス釣りに
朝早くから　出かけてる

川の中　泳ぐマスさえ　知っている
田舎では　有名な　散髪屋さん

月曜なのも　すぐわかる

マスたちは　ルアーに騙され
釣られるなんて　ことはない

散髪屋さん　寒い川釣り
「ごくろうさん」
師匠でも　あんまり　魚　釣れなくて
「ごしゅうしょうさま」

お弟子さんの　おじいさん
炬燵にあたり　気持ち良さげに　こっくりと
かじかの声が　子守歌

天の川

天の川が　消えちゃった
梅雨と重なり　曇り空

「彦星と　織姫さまは　出会えたの？」

空を見上げて　聞いてみる
大声出して　聞いてみる

どんより雲が　返事する

「夜空の星は　天の川
キラキラ　ピカピカ　光ってる」

「それなら　ちょっと　どいてよね」

「私　自分で　動けない
風さんに　お聞きなさいな」

「風さん　風さん　吹いとくれ
どうかこの雲　どけてよね」

「私は　自分で動けない
海さんに　お聞きなさいな」

「海さん　海さん　風吹かせてよ　お願いよ」
「私は　自分で動けない
夜空に光る　お月さまなら　ご存じよ」

天に届けと　大声出して　聞いてみる

「お月さま　お願いよ　天の川を　見せてよね」

雲が分かれて　一筋の　光が射すと
浜辺に光る　貝殻二つ
キラキラ　ピカピカ　光ってる

北の国の宴

（小川未明『赤い蝋燭と人魚』より）

人魚が住んでる　北の海
凍てつきそうな　冬の風
人魚がひとり　月明り浴び　泳いでる
高鳴る波に　くじけずに　泳いでる

遠い陸地へ　ひたすらに　泳いでる
高台に　社がひとつ　立っている
燭台に　灯りがひとつ　灯ってる

空にあるのは　月明り　星明り
赤白　黄色　溶け合って
光の共演　ピアニシモ
雨　風　波の　フォルテシモ

誰も知らない　北国の
真冬の夜の　たったひとりの　宴です

不思議の国

不思議の国って　どこにある？
アリスに聞いても　わからない
大きくなっても　小さくなっても
誰も知らない　わからない
フィクションだって　言われても
私的_{わたしてき}には　私の中に　存在するの
ハートの女王　私なの？
トランプの　カード切ったり　するけれど
でも　人の首　切ったりなんか　しないわよ
この世の中は　不思議なことで　溢れてる
笑うことも　あるけれど　涙の海に　溺れそう
不思議の国は　穴の中？
ウサギを追って　落ちる穴？
その穴は　天国の道　地獄道？
あなた次第と　言われても
良い私　悪い私も　みんな私　なんだから
永遠に　眠った先の　国のこと？
不思議の国　生きてるうちは　見られない

眠りの森

眠りの草が　生い茂り
眠りの木々が　じっと黙って　立っている
眠りの森が　ありました

そこに　朝日　照ったなら
真っ白で　透明の
眠りの華が　咲くという

早春の　晴れた日に
ほんわりと　風に乗り
やってきたのは　眠りの精
木や草に　挨拶してる
「こんばんは　こんばんは」

夜じゃないのに　「こんばんは」
それは変だと　思っていると
どうしたことか　駆け足で
夜がそこにと　やってきた

眠りの精は　草木の中で　眠りだし
眠りの草も　眠りの木々も
昼より深い　眠りについて
夢を見ている　星の夢　華の夢

朝が来て　山の向こうに　日が昇り
木々には光る　星影の　雫たち
キラキラキラと　透明の　真珠色
草に生まれた　華の色
清い純白　霜の色

眠りの精が　世界を眠らせ
夜空の星が　黙って創った
眠りの森の　早春の絵
その一ページ

さようなら

「昔　むかし」と　言うけれど
そんな話を　聞いたのは
遠い昔の　ことじゃない

山に芝刈り　おじいさん
川に洗濯　おばあさん

桃から生まれた　男の子
クマにまたがり　お馬の稽古の　赤ん坊
亀が家来の　海のお城の　お姫さま

ふんわり空から　降りてきて
舞った松原　きれいな娘

月の世界に　帰っていった
竹から生まれた　宇宙の子

数えだしたら　きりがない

私と一緒に　みんな皆（みな）　生きてきた
長いつきあい　お友達

それ　みんな　不思議の袋に　詰め込んで

どっこいしょ　よっこらしょ

出かける先は　私の中の　おとぎの国へ
ゆっくり　ゆっくり　杖ついて

ひと足　踏みしめ　さようなら
ひと足　踏みしめ　さようなら

田舎の夜の出来事

終電車　行ってしまった
そのあとの　静まり返る　村の駅

ほんわり　ゆっくり
レールの上に　落ちる雪

「キャー　冷たい！」

レールの下で　寝ってた
ねむけ顔の　枕木が　ビックリし
「いったい　ぜんたい　どうしたの？」
ずんぐり　むっくり　雪ん子は
「だって　だって　冷たすぎ」
「雪ん子なのに　どうしたの？」
「私って　こんなにも　冷たくなんか　ないんだよ」

近くの森に　落ちた雪
葉っぱの上に　落ちた雪

風もないのに
ゆらゆら　ゆらら　ゆ〜りかご
ゆらゆら　ゆらら　ゆ〜りかご
気持ち良さそう　眠ってる

屋根の上に　落ちた雪
どんどん　高く　積もってる

雪に雪が　重なって
氷のように　くっついて
家の柱が　ミシッ　ミシッと　音立てる

「いつになったら　溶けるんだ？」

去年の梅雨に　吊るされた
てるてる坊主　ひさしの陰で
ぶつくさ　ぶつくさ
ひとりごと
ぶつくさ　ぶつくさ

ひとりごと

さむ〜い　さむ〜い
北の空　誰_{だあれ}もいない　雪の国

温泉宿の女将さん

赤い靴　履いてたら
船に乗せられ　見知らぬ国へ
異人さんに　連れられる
それは怖いと　赤い靴など
履かないと　言い張っていた
村の　可愛い　女の子

赤い帽子を　被っていたら
お婆さんに　化けていて
大きな口の　狼に　食べられる
それは怖いと　赤い帽子を
被らないと　駄々をこねてた
里の　可愛い　女の子

今頃は　森に入るの
狼じゃなく　熊が出るから
怖いけど　入って行くわ

温泉宿の　女将になって
山菜取りは　決まった仕事
腰には鈴を　ぶら下げて
手には籠と　大きな和傘　持っていく

傘には　龍の絵　描いてあって
熊に出会うと　傘広げ
傘を回して　熊　撃退と　思っているが
ホントに熊と　出会ったときに
そんなことする　時間があるか
心にゆとり　あるのかどうか　わからない

ただの気休め　おまじない？
異人さんや　狼や
森に住む　ケーキの家の　人食い婆さん
子どもの頃に　怖かった
そんなモノより　チョットまし

お客さまにと　新鮮な食材で　料理するのが
私の喜び　やりがいだから

毎日　毎日　朝の空気を
胸いっぱいに　吸い込んで
腰伸ばし　両手を上げて　一日が始まるの

五所川原　わらべうた

みんな大好き　ごしょがわら
緑の田んぼに　風が吹き
いっぽん立ちの　かかしさん
わらわら　わらわら　笑ってる

みんな大好き　ごしょつがる
赤いほっぺの　りんごっ子
つがる富士見て　青い空
わらわら　わらわら　笑ってる

みんな大好き　ごしょがわら
学校帰りに　夕陽浴び
オサムくんらは　歌うたい
わらわら　わらわら　笑ってる

みんな大好き　十三湖
しじみも　大きく　貝ひらき
土蹴り　伸びして　深呼吸

わらわら　わらわら　笑ってる

みんな大好き　ごしょがわら
びっくり　ぽっくり　たちねぷた
仁王立ちの　たちねぷた

明かりに　照らされ　にらんでる
下から見あげた　わらべたち

わらわら　わらわら
笑ってる　笑ってる

わらわら　わらわら
笑ってる　笑ってる

戸隠

鹿が住む
晩秋の　戸隠に
北の風

紅い葉　揺れて
ゆらゆらと
黄色い葉っぱ
はらはらと
散ってしまって
吹き溜まり

秋はゆく
どこかへゆく
でもいつも　約束のよう
もどってくるの　一年先に

わたしもゆく
どこかへゆく

でも　神様に　約束されて
永遠に　戻っては　来れない戸隠
秋の戸隠　人の戸隠

虹と風船

七つ　七色　紙風船
雨があがった　青空に
ぽっかり　ふんわり　飛んでいく

赤と橙<ruby>橙<rt>だいだい</rt></ruby>　青　緑
黄色と　藍と　紫ね

濡れた　松の木　越えるとき
気をつけないと　その針で
紙風船に　穴が開く

虹に向かって　飛んでいる
追っても　追っても　届かない
あたりは　晴れて　気持ちいい

綺麗な虹が　架かったと
フーちゃん眺めた　空の果て

そのとき　そこに　戦闘機
爆音響かせ　虹をくぐって　飛んでった
その衝撃で　虹が震えて
死んじゃった

津軽の風の子

風の子が　やってくる
北の国から　やってくる
音を立てて　やってくる

津軽の空に　雲が湧く
津軽の里に　風が立つ
いそいそ　来るのは
津軽の冬の　風の子だ

空と大地は　暗くなり
雪がしんしん　降り積もる
そこにフウーッと　風の子が
ひと息吐くと　大騒ぎ

粉雪は　叩^{はた}かれ　叩かれ
駆け回る　駆け巡る
地吹雪飛んで　舞いあがる

津軽の冬の　風の子は
凍った国の　暴れん坊
腕白で　気かんきで
辺りかまわず　吹き飛ばす

藁ぶき屋根の　雪さえも
木々に積もった　雪さえも
蹴散らせ　蹴散らせ　通りゆく
囲炉裏の煙も　うずうずと
外に出ようと　昇りゆき
天井近くを　回りだす

風の子が　笑ってる
村人を　凍らせようと
はしゃいでる
風の子が　踊ってる
村人を　連れて行こうと
騒いでる

遠い国　遠い国へ

おいで　おいでと　誘ってる

風の子の　吹く笛は

ピュー　ヒョロロ
ピュー　ヒョロロ

津軽の人の　耳元で
一緒に行こうと　誘ってる
津軽の人は　知っている
一緒に行ったら　帰れない
風の子は　早く来いよと　笛鳴らす

ピュー　ヒョロロ
ピュー　ヒョロロ

空と大地を　凍らせて
龍飛岬で　叫んでる
誘われて　行ってしまえば
帰れない

雪の世界の　果ての果て
生きて戻れた　人のない
風も立たない　白い国
風も知らない　白い国

心うきうき　七五調

心うきうき　七五調
日本の心　　七五調

シェイクスピアを　声に出し
みんなで読もう　元気よく
お経じゃないけど　張り切って

体いっぱい　背伸びして
心いっぱい　素伸びして

ギャグを交えて　シェイクスピア
読んで楽しく　声に出し

心うきうき　七五調
日本の心　　七五調

近松さんの　お手のもの
それを拝借　いい調子

シェイクスピアも 素っ頓狂
「こんな訳で　いいのかい？」

読んでてわかる　忘れてる
いやなこと　忘れたいこと　忘れてる
忘れられない　ことさえも
どうしてなのか　忘れてる

ボケが進んで　そうなった？
「こんな訳で　いいのかい？」
今日も晴れ晴れ　七五調

心うきうき　七五調
日本の心　　　七五調

　　　　（「七五調訳シェイクスピア・シリーズ」に寄せて）

Tomorrow　明日

Tomorrow, and tomorrow and tomorrow
明日という日　見えないペースで　やってくる
来る日も　来る日も　やってくる
……　Out！Out！　消えろよ！消えろ！
短い　Candle！　細い　ロウソク！
人生なんて　影法師
我らみんなは　お粗末な　役者にすぎぬ
舞台にいれば　威張って歩く
舞台下りれば　それでおしまい
この世のことは　道化が描く　夢語り
舞台の上で　騒いだだけで
意味したものは　無意味だけ　ただそれだけだ

（シェイクスピア『マクベス』より）

あとがき

　この『ちっちゃな詩集　☆魔法の言葉☆』の「ちっちゃな詩集」は見ての通り、サイズが小さな詩集であることです。「魔法の言葉」は日本人の心の、そして日本語の奥底に魔法のように潜んでいるリズム感、情緒感を遺憾なく発揮できる表現形式である七五調を多く用いて作品を作り上げたことによります。

　現在、七五調訳シリーズと銘打ってシェイクスピアの作品を急ピッチで翻訳していますが、その作業をするきっかけとなった「津軽の風の子」を収録し、その他の作品は、シェイクスピアを訳している際に苦戦して、にっちもさっちも動きが取れなくなったときに、気晴らしに作って遊んで｜play＝遊び＝劇｜いたものです。

　36作品もあるシェイクスピア独自の作品のまだたった4作品しか訳していないのに、30も詩が書けたのですから、この「ちっちゃな詩」のシリーズも、単純計算で1→9まで行くかももしれ

ません。シェイクスピアで苦戦すればするほど詩が作れたら、それはそれで「○儲け」です。

　劇（Play）の翻訳だけでなく、詩を作ることを「遊び」と書くと、詩人の方を冒涜しているようにも聞こえますが、何事も楽に構えていないと良い作品ができないのでは…と勝手に思っています。

　「心うきうき　七五調」を読んでいただいて分かると思うのですが、この七五調の中に、なにか人をウキウキさせる魔法というか、「秘薬」が入っています。騙されたと思って、どうか声に出して読んでみてください。鬱な心が晴れ晴れします。私はそう信じています。私にも起こりましたし、この七五調に共感いただいた、ある先生もそうおっしゃっておられます。

　内容に関して、どうも私が根暗なためにペシミスティックなものもありますが、ご容赦ください。この詩集にシリーズ２があればのことですが、その時にはもっとオプチミスティックな作品で詩集を飾ってお見せいたしますから、どうか「乞うご期待？」しばらくお待ちください。

最後まで、お読みいただきありがとうございました。

　いつものことですが、風詠社の社長の大杉剛さま、編集の藤森功一さまには大変お世話になりました。ありがとうございます。

著者しるす

著者略歴

今西 薫

京都市生まれ。関西学院大学法学部政治学科卒業、同志社大学英文学部前期博士課程修了（修士）、イギリス・アイルランド演劇専攻。元京都学園大学教授。

著書

『21世紀に向かう英国演劇』（エスト出版）

『*The Irish Dramatic Movement: The Early Stages*』（山口書店）

『*New Haiku: Fusion of Poetry*』（風詠社）

『*Short Stories for Children by Mimei Ogawa*』（山口書店）

『*The Rocking-Horse Winner & Monkey Nuts*』（あぽろん社）

『*The Secret of Jack's Success*』（エスト出版）

『*The Importance of Being Earnest*』〔Retold版〕（中央図書）

『イギリスを旅する35章（共著）』（明石書店）

『表象と生のはざまで（共著）』（南雲堂）

『詩集 流れゆく雲に想いを描いて』（風詠社）

『フランダースの犬、ニュルンベルクのストーブ』（ブックウェイ）

『心をつなぐ童話集』（風詠社）

『恐ろしくおもしろい物語集』（風詠社）

『小川未明＆今西薫童話集』（ブックウェイ）

『なぞなぞ童話・エッセイ集（心優しき人への贈物）』（ブックウェイ）

『この世に生きて　静枝ものがたり』（ブックウェイ）

『フュージョン・詩＆俳句集 ―訣れのPoetry ―』（ブックウェイ）

『アイルランド紀行 ―ずっこけ見聞録―』（ブックウェイ）

『果てしない海 ―旅の終焉―』（ブックウェイ）

『J. M. シング戯曲集 *The Collected Plays of J. M. Synge* (*in Japanese*)』（ブ

ックウェイ）

『社会に物申す』純晶也［筆名］（風詠社）

『徒然なるままに ―老人の老人による老人のための随筆』（ブックウェイ）

『「かもめ」＆「ワーニャ伯父さん」―現代語訳チェーホフ四大劇Ⅰ―』（ブックウェイ）

『Newマジメが肝心 ―オスカー・ワイルド日本語訳』（ブックウェイ）

『ヴェニスの商人』―七五調訳シェイクスピアシリーズ〈1〉―（ブックウェイ）

『マクベス』―七五調訳シェイクスピアシリーズ〈2〉―（風詠社）

『リア王』―七五調訳シェイクスピアシリーズ〈3〉―（風詠社）

『テンペスト』―七五調訳シェイクスピアシリーズ〈4〉―（風詠社）

ちっちゃな詩集 ☆魔法の言葉☆

2023 年 3 月 31 日　第 1 刷発行

著　者　　今西　薫

発行人　　大杉　剛

発行所　　株式会社 風詠社

〒 553-0001　大阪市福島区海老江 5-2-2

大拓ビル 5 - 7 階

Tel 06 （6136） 8657　https://fueisha.com/

発売元　　株式会社 星雲社

（共同出版社・流通責任出版社）

〒 112-0005　東京都文京区水道 1-3-30

Tel 03 （3868） 3275

印刷・製本　　小野高速印刷株式会社

ISBN978-4-434-32001-9 C0092

乱丁・落丁本は風詠社宛にお送りください。お取り替えいたします。

郵 便 は が き

料金受取人払郵便

大阪北局
承 認

6123

差出有効期間
2023 年 5 月
3 1日まで
（切手不要）

5 5 3 - 8 7 9 0

018

大阪市福島区海老江 5 - 2 - 2 - 710

㈱風詠社

愛読者カード係 行

|||ı|ı|ı|ıılılılıl|ıı|ı·ı·ı|ı|ı|ı|ı|ı|ı|ı|ı·ı|ı·ı|ı|ı|

ふりがな お名前				大正 昭和 平成 令和　年生　歳	
ふりがな ご住所	□□□-□□□□			性別 男・女	
お電話 番　号			ご職業		
E-mail					
書　名					
お買上 書　店	都道 府県	市区 郡	書店名		書店
			ご購入日	年　　月　　日	

本書をお買い求めになった動機は？
　1．書店店頭で見て　　2．インターネット書店で見て
　3．知人にすすめられて　　4．ホームページを見て
　5．広告、記事（新聞、雑誌、ポスター等）を見て（新聞、雑誌名　　　　　）

風詠社の本をお買い求めいただき誠にありがとうございます。
この愛読者カードは小社出版の企画等に役立たせていただきます。

本書についてのご意見、ご感想をお聞かせください。
①内容について

②カバー、タイトル、帯について

弊社、及び弊社刊行物に対するご意見、ご感想をお聞かせください。

最近読んでおもしろかった本やこれから読んでみたい本をお教えください。

ご購読雑誌（複数可）	ご購読新聞
	新聞

ご協力ありがとうございました。